蘇州童謠

车科 编

苏州大学出版社
Soochow University Press

图书在版编目（CIP）数据

苏州童谣 / 车科编. — 苏州：苏州大学出版社，2015.7

ISBN 978-7-5672-1399-9

Ⅰ. ①苏… Ⅱ. ①车… Ⅲ. ①儿歌—作品集—苏州市 Ⅳ. ①I287.2

中国版本图书馆CIP数据核字（2015）第162852号

编　　者	车　科
插　　图	车　科
策　　划	朱绍昌　刘一霖
责任编辑	巫　洁
装帧设计	朱晓枫　刘一霖
出版发行	苏州大学出版社
地　　址	苏州市十梓街1号
邮　　编	215006
电　　话	0512-65225020　65222617（传真）
网　　址	http://www.sudapress.com
印　　刷	苏州市大元印务有限公司
开　　本	700 mm × 1000 mm　1/16
印　　张	11.25
字　　数	36千
版　　次	2015年7月第1版　2015年7月第1次印刷
书　　号	ISBN 978-7-5672-1399-9
定　　价	35.00元（含1CD-ROM）

版权所有　侵权必究

目 录

第一篇 年俗童谣

苏州好 …………………………………… (3)
吃糕饼 …………………………………… (4)
大苹果 …………………………………… (5)
冬 ………………………………………… (6)
姑苏小吃 ………………………………… (7)
黄瓜搭丝瓜 ……………………………… (8)
买糖粥 …………………………………… (10)
倷吃几碗饭 ……………………………… (11)
年公公 …………………………………… (12)
排排坐 吃果果 …………………………… (13)
牵豆腐 …………………………………… (14)
十二生肖 ………………………………… (15)
十二月 …………………………………… (16)
是对还是错 ……………………………… (18)
挑荠菜 …………………………………… (19)
新剃头 …………………………………… (20)
元宵节里数花灯 ………………………… (21)
新年到 …………………………………… (22)

第二篇 快乐童谣

啊哟哇 …………………………………… (25)

1

编花篮	(26)
布娃娃　勠动气	(27)
搬豆	(28)
摆渡船　摆大哥	(29)
对歌	(30)
大懒差小懒	(32)
大块头	(33)
跌跌爬爬	(34)
颠倒歌（1）	(35)
颠倒歌（2）	(36)
颠倒歌（3）	(37)
凤凰街哴凤凰楼	(38)
风筝飘	(40)
风凉笃笃	(41)
红绿灯	(42)
金钩钩　银钩钩	(43)
嫁人	(44)
哭哭笑笑	(45)
亢铃亢铃马来哉	(46)
尖尖山哴一只缸	(48)
绿头发	(49)
赖学精	(50)
拉车子	(51)
浪花歌	(52)
倷姓啥	(53)
囡囡会笑勿会哭	(54)
碰门	(56)

胖子胖 …………………………………… (57)
拍拍背 …………………………………… (58)
敲敲背 …………………………………… (59)
千颗星 …………………………………… (60)
手 ………………………………………… (61)
十五月亮 ………………………………… (62)
数字歌（1）……………………………… (64)
数字歌（2）……………………………… (65)
数字歌（3）……………………………… (66)
数字歌（4）……………………………… (67)
三个和尚 ………………………………… (68)
三个臭皮匠 ……………………………… (69)
太阳公公起得早 ………………………… (70)
太阳晒 …………………………………… (72)
太阳亮堂堂 ……………………………… (73)
小姑娘 …………………………………… (74)
小司机 …………………………………… (75)
小皮球 …………………………………… (76)
小和尚 …………………………………… (77)
汰手歌 …………………………………… (78)
小手绢 …………………………………… (80)
小板凳 …………………………………… (81)
小剪刀 …………………………………… (82)
小明小华勿要哭 ………………………… (83)
小鼓咚咚咚 ……………………………… (84)
雪地搭妹妹拍照哉 ……………………… (85)
秧苗做操 ………………………………… (86)

一二三四五	(88)
月亮堂堂	(89)
月亮汪汪	(90)
眼睛一霎	(91)
摇啊摇（1）	(92)
摇啊摇（2）	(93)
摇啊摇（3）	(94)
做早操（1）	(95)
做早操（2）	(96)

第三篇　动物童谣

蚌壳精	(99)
鹧鸪做窠	(100)
大蜻蜓	(101)
跌倒是只煨灶猫	(102)
大公鸡	(103)
放羊	(104)
狗欢喜	(106)
黄狸猫	(107)
两只鸳鸯	(108)
两只羊	(109)
金鱼啃花猫	(110)
两只小猫	(111)
麻雀歌	(112)
马儿跑	(114)
啥个叫	(115)

听声音 ……………………………………	(116)
螳螂娶亲 …………………………………	(117)
乌龟上街头 ………………………………	(118)
喜鹊窠 ……………………………………	(119)
小蚂蚁 ……………………………………	(120)
小猫咪咪 …………………………………	(122)
小老鼠 ……………………………………	(123)
小鸭 ………………………………………	(124)
小胖猪 ……………………………………	(125)
小鸭　小鸡 ………………………………	(126)
稀奇歌（1） ……………………………	(127)
稀奇歌（2） ……………………………	(128)
熊猫宝宝 …………………………………	(130)
萤火虫 ……………………………………	(131)
捉小鸡 ……………………………………	(132)
捉蚜虫 ……………………………………	(133)

第四篇　游戏童谣

滚铁环 ……………………………………	(137)
鸡鸡斗（1） ……………………………	(138)
鸡鸡斗（2） ……………………………	(139)
拍大麦 ……………………………………	(140)
挑绷绷 ……………………………………	(141)
跳牛皮筋 …………………………………	(142)
轧牛棚 ……………………………………	(143)

第五篇　绕口令谣

扁担长　板凳宽 …………………………… (147)
吃栗子 …………………………………………… (148)
稻调稻 …………………………………………… (149)
陆老头 …………………………………………… (150)
庙里一只猫 …………………………………… (151)
妞妞搭牛牛 …………………………………… (152)
盆搭瓶 …………………………………………… (154)
碰碰车　车碰碰 ……………………………… (155)
墙哴一只钉 …………………………………… (156)
天哴星 …………………………………………… (157)
天哴七颗星 …………………………………… (158)
小云骑牛去打油 ……………………………… (159)
小亮赶仔一群羊 ……………………………… (160)
玄妙观 …………………………………………… (162)
一面小花鼓 …………………………………… (163)
一条黑百脚 …………………………………… (164)

第六篇　谜语谣

针 ………………………………………………… (167)
雨 ………………………………………………… (168)
眼睛 ……………………………………………… (169)

第一篇 年俗童谣

苏州好

苏州好,苏州美,苏州格①园林交交关②。
狮子林,拙政园,留园西园虎丘山。
格搭格③风景真个赞④!

注释:

① 格:的。

② 交交关:很多。

③ 格达格:那里的。

④ 赞:美。

吃糕饼

天喨星,地喨星,好婆叫我吃糕饼。糕饼甜,买斤盐。盐么咸,买只篮。篮么漏,买包豆。豆么香,买块姜。姜么辣,买只鸭。鸭么叫,买只鸟。鸟么飞,买只鸡。鸡么啼,买只扦光梨。

大苹果

我是一只大苹果,小朋友们才①爱我,请倷先去汰②汰手,假使龌龊勿③碰我。

注释:
①才:全,都。
②汰:洗。
③勿:不要。

冬

冬天到,喜鹊叫。雪花朵朵像鹅毛,蜡梅、水仙开得好,雪下麦苗眯眯笑。

第一篇 年俗童谣

姑苏小吃

　　姑苏小吃名气响，味道软糯吃口香。老虎脚爪绞揿棒，生煎馒头蟹壳黄。千层饼、蛋面衣，大饼油条豆腐浆。葱油花卷葱油饼，紧酵[①]小笼鲜肉酿。香菇菜包豆沙包，卤汁豆腐干名气响。茶叶蛋、焐熟藕，大小馄饨粉丝汤。高脚馒头搭[②]羌饼，油氽饺子豆沙酿。芝麻糊、糖芋艿，糖炒栗子桂花香。什锦藕粉海棠糕，鸡鸭血汤莲子羹。豆腐花，八宝饭，春卷烧卖甜酒酿。蜜糕方糕条头糕，猪油年糕葱花香。定胜糕来梅花糕，双酿团子还有炒肉酿。臭豆腐干粢饭团，锅贴水饺喷喷香。汤团麻团粢毛团，南瓜团子夹沙酿。萝卜丝饼三角包，各种样子有卖相。白水粽，灰汤粽，赤豆鲜肉加蛋黄。酒酿圆子鸡头米，枣泥麻饼松子香。笃笃笃，卖糖粥，小囡要吃喊爷娘。姑苏小吃有营养。

注释：

① 紧酵：包子发酵工艺的一种。

② 搭：和的意思。

黄瓜搭丝瓜

东头一条黄瓜,西头一条丝瓜。
黄瓜短,丝瓜长。
黄瓜冷拌拌,丝瓜烧烧汤。

买糖粥

笃笃笃,买糖粥,四斤核桃三斤壳,吃仔^①倷格^②肉,还仔倷格壳,快点过来买糖粥。

注释:

① 仔:了。

② 倷格:你的。

倷吃几碗饭

匍①下去,立起来,淘淘米,烧烧饭。
倷吃几碗饭?我吃两碗饭;
倷吃几棵菜?我吃两棵菜。
冬菜冬菜大头菜,香萝卜干咸橄榄。

注释:
① 匍:蹲。

年公公

年公公,落搭①来?脚踏莲花海里来。
带点啥个末事②来?带仔铜鼓钎钹来。
敲敲看,咙咙哐。
碰碰看,齐齐哐。
锣鼓家生敲起来。

注释:
① 落搭:哪里。
② 啥个末事:什么东西。

排排坐 吃果果

排排坐,吃果果,爹爹买只猪耳朵。称称看,两斤多,烧烧看,两碗多。吃得嘴里油噜噜,吃仔荤来再吃素,荤素搭配营养多。

牵豆腐

咿呀呜,牵①豆腐,一早起来卖豆腐。养个伲子②棒柱③大,门槛底下钻勿④过。娘说快点乭脱⑤俚⑥,爷说留勒⑦身边牵豆腐。

注释:

① 牵:磨。

② 伲子:儿子。

③ 棒柱:洗衣服用的木棒。

④ 勿:不。

⑤ 乭脱:丢掉。

⑥ 俚:他。

⑦ 勒:在。

十二生肖

一是老虫①吱吱叫。
二是黄牛尾巴翘。
三是老虎威风高。
四是兔子蹦蹦跳。
五是金龙像座桥。
六是青蛇弯弯绕。
七是马，嘀笃跑。
八是羊，吃青草。
九是活狲②趴勒树哴笑。
十是鸡，起得早。
十一是只狗，看门看得牢。
十二是猪猡猡凑热闹。

注释：
① 老虫：老鼠。
② 活狲：猴子。

十二月

正月初一吃圆子,二月里厢①放鸽子,三月清明去买青团子,四月蚕宝宝上山结茧子,五月端午吃粽子,六月里厢摇扇子,七月蒲扇拍蚊子,八月中秋剥剥西瓜子,九月登高去打梧桐子,十月剥剥早红小橘子,十一月晒晒太阳踢毽子,十二月里搓圆子。

注释:
①里厢:里。

是对还是错

　　一月二月去登高,三月四月黄叶飘,六月七月穿皮袄,九月十月桃花开,十二月吹仔风扇吃雪糕。袋鼠说我讲得对,熊猫说我勒瞎搞。到底是对还是错,请倷仔细动动脑。

挑荠菜

挑荠菜①，裹馄饨，兄弟姊妹拿事体分。

阿大阿二挑荠菜，阿三阿四裹馄饨，阿五阿六吃得屁腾腾，阿七阿八舔缸盆，阿九阿十哭仔一黄昏。

注释：
① 荠菜：一种野菜。

新剃头

新剃白白头,勿敲三记触霉头。

元宵节里数花灯

小鸡灯,小鸭灯,一蹦一蹦青蛙灯。
桃花灯,莲花灯,一朵一朵牡丹灯。
谷穗灯,麦穗灯,一盏一盏瓜果灯。
汽车灯,火车灯,一架一架飞机灯……
一二三,三二一,宝宝数灯数勿清。
阿爹好婆帮俚数,一数数到大天明。

新年到

新年到,新年到。
提花灯,放鞭炮。
小囡囡,长得高,走路勿要姆妈抱。

第二篇 快乐童谣

啊哟哇

啊哟哇,啥事体①?
蚊子叮,爬上来。
呒不②梯,借拨③倷。
谢谢倷!
勿碍改④。

注释:

① 事体:事情。

② 呒不:没有。

③ 拨:给。

④ 勿碍改:没关系。

编花篮

编花篮,编花篮,花篮里厢有个小妹妹。

小妹妹来编花篮,匍下去,立起来,匍下去,立起来。

两只小手真来赛①,编好花篮送拨傺。

注释:
① 来赛:能干。

布娃娃　勿动气

布娃娃，勿动气，我来帮侬赔个礼。刚刚勿该发脾气，弄脏侬格新花衣，掼^①得侬面孔才是泥。真是对勿起！对勿起！衣裳龌龊我来拍，面孔龌龊我来汰。落搭跌痛我搭侬撸，从今以后我要爱护侬。

注释：
① 掼：摔。

搬 豆

一粒豆,会得跑,呒不脚,哪哼搞?
宝宝低头看一看,原来一群蚂蚁扛仔跑。

摆渡船 摆大哥

摆渡船,摆大哥,大哥船哴客人多,毫稍点①,烧水杀野鹅。

注释:
① 毫稍点:快点。

对　歌

一边多,一边少,一把铅笔一把刀。
一个大,一个小,一只西瓜一粒枣。
一边大,一边小,一头猪猡一只猫。
一边多,一边少,一群呆鹅一只鸟。

大懒差小懒

大懒差^①小懒,小懒差白眼,白眼差门闩,门闩差门槛。

注释:
① 差:使唤。

大块头

大块头,呒青头①,吃饭吃仔②三碗六钵头,
困觉③困勒灶前头。
摆摊摆勒城门角落头。

注释:

① 呒青头:做事没有头脑。

② 吃仔:吃了。

③ 困觉:睡觉。

跌跌爬爬

跌跌爬爬，爬到前头，
南山北斗，捉只黄狗，
要想拍手，黄狗逃走。

第二篇　快乐童谣

颠倒歌（1）

说颠倒，说颠倒，城门顶哴①有座桥，桥哴有水桥下干，千斤石礅水哴漂，公鸡生个双黄蛋，兔子追得黄狗叫，麻雀也会捉老鹰，老虫吃忒大狸猫。

注释：
① 顶哴：顶上。

颠倒歌（2）

东西街，南北走，出门看见人咬狗。
拿起狗来打砖头，又怕砖头会咬手。

颠倒歌（3）

十点多，起得早，背起学校上书包。
拿起地来扫扫帚，我讲先生好宝宝。

凤凰街唛凤凰楼

凤凰街唛凤凰楼,凤凰楼里有凤凰。
凤凰凤凰是鸟中王,就像老虎是森林王。

第二篇 快乐童谣

风筝飘

风筝飘,风筝摇,风筝天喥飘得高。
白云见仔点点头,小鸟看见问声好。
小朋友见仔勿肯走,开开心心手拍手。

风凉笃笃

风凉笃笃①,螺蛳索索②,咸鸭蛋剥剥。

注释:
① 风凉笃笃:形容很凉快。
② 螺蛳索索:吮吸螺蛳肉。

红绿灯

我搭哥哥手拉手,哥哥走,我也走,一走走到马路口,看见红灯停一停,看见绿灯开步走。

金钩钩 银钩钩

金钩钩,银钩钩,说话勿算数,就是小狗狗。

金钩钩,银钩钩,说话要算数,伸出小手手,勾呀勾呀勾三勾!

嫁 人

牡丹娘子要嫁人,石榴姐姐做媒人。长手巾,挂房门,短手巾,揩台灯,揩得台灯亮晶晶,杏花园里办嫁妆,桃花园里结成亲。爹爹拨①我金环环,姆妈拨我水龙裙,水龙裙上才折裥,裥裥才有响铜铃。

注释:

① 拨:给。

哭哭笑笑

哭哭笑笑,买块方糕。方糕甜,买包盐。盐么咸,买只篮。篮么漏,买斤豆。豆么香,买块姜。姜么辣,买只鸭。鸭么叫,买只鸟。鸟么飞,买只鸡。鸡么啼,扯面旗,一扯扯到虎丘去。

亢铃亢铃马来哉

亢铃亢铃马来哉,隔壁大姐转来①哉。

买点啥个小菜?豆腐咸菜,吭娘吭娘吃得鲜得来。

注释:

① 转来:回来。

尖尖山哴一只缸

尖尖山哴一只缸,油煎豆腐两面黄。
姐姐吃仔绣花绷,弟弟吃仔到学堂。

绿头发

草地长出绿头发,我用小脚梳头发。
小草痒得咯咯笑,亲亲我的小脚脚。

赖学精

赖学①精,书包掼勒②床头顶,困到太阳晒屁股,看见先生难为情。

注释:
① 赖学:逃学。
② 掼勒:甩在。

拉车子

小麻子,拉车子,拉仔一袋西瓜子。炒炒看,炒仔一镬子。吃吃看,吃仔一台子。拆①拆看,拆仔一裤子。黄天荡里汰裤子,看见一顶破帽子,戴戴看,活像一个叫花子,拨②网船哴人戳仔一篙子。

注释:

① 拆:指拉大便。
② 拨:被。

浪花歌

浪花飞,浪花笑,我拍浪花浪花跳,我追浪花浪花逃。浪花推我后脑勺,我骑浪花海里跑。

倷姓啥

倷姓啥?我姓黄。啥个黄?草头黄。啥个草?青青草。啥个青?碧绿青。啥个笔?羊毛笔。啥个羊?山咩羊。啥个山?虎丘山。啥个丘①?说鬼话格②小囡最最丘。

注释:
① 丘:这里作"坏"解释。
② 格:的。

囡囡会笑勿会哭

铃铃啷,悉悉嗦,四斤核桃三斤壳,吃仔侪个肉,还仔侪个壳。铃铃啷,悉悉嗦,四斤螺蛳三斤壳,吃仔侪个肉,还仔侪个壳。铃铃啷,悉悉嗦,四斤蚬子三斤壳,吃仔侪个肉,还仔侪个壳。铃铃啷,悉悉嗦,勿吃侪个肉,勿还侪个壳,囡囡会笑勿会哭。

碰 门

　　碰碰门,是啥人?张家老伯伯。来做啥?捉小狗。小狗生也齾①生勒。碰碰门,是啥人?张家老伯伯。来做啥?捉小狗。小狗眼睛齾张勒。碰碰门,是啥人?张家老伯伯。来做啥?捉小狗。小狗还齾断奶勒。碰碰门,是啥人?张家老伯伯。来做啥?捉小狗。小狗还勿会走路勒。碰碰门,是啥人?张家老伯伯。来做啥?捉小狗。小狗已经长大哉,可以拨倷拿去哉。

注释:

① 齾:没。

胖子胖

胖子搓麻将,搓到大天亮,铜钿输得精当光。
气煞爷,哭煞娘。
弄得夫妻打相打①。

注释:
① 打相打:打架。

拍拍背

拍拍背,勿生块①;拍拍胸,勿伤风。

注释:

① 块:疖。

敲敲背

老公公，八十岁，请倷坐下来，帮倷敲敲背。

千颗星

千颗星,万颗星,点点星,亮晶晶,一闪一闪数勿清。

手

我有一双小小手,节头①像只小蝌蚪,我搭阿爹握握手,只好摸俚手节头。

注释:
①节头:手指。

十五月亮

十五月亮亮堂堂,家家小囡去白相①,拾②只钉,打把枪,戳穿坏人烂肚肠,肚肠挂勒篱笆哴,老鹰衔仔去做道场。

注释:

① 白相:玩耍。

② 拾:捡。

数字歌（1）

一、二、三，爬上山。
四、五、六，洗个浴。
七、八、九，拍皮球。
两只手，十只手节头。

数字歌（2）

一双鞋子两样格，三个铜钿买来格，四面镂空格，五颜六色格，七穿八洞格，究（九）竟阿有格，实（十）在呒不格。

数字歌（3）

一品锅，良（二）乡栗子三节橄榄四喜肉，五香豆，六香炒，切（七）年糕，剥（八）花生，韭（九）芽肉丝，什（十）锦菜。

数字歌（4）

说个一，一根汗毛做管笔。说个二，两把扫帚来扫地。说个三，三斤猪肉用刀宰。说个四，四角方方坐台子。说个五，看见阿爹吃黄鱼。说个六，六块洋钿①买斤肉。说个七，切只西瓜路哴跌。说个八，八因今朝吃糖粥。说个九，九斤糯米做鬶酒。说个十，苍蝇蚊子才死脱②。

注释：

① 洋钿：钱。
② 死脱：死掉。

三个和尚

一个和尚挑水吃,两个和尚扛水吃,三个和尚水也呒不吃。

三个臭皮匠

一个小皮匠,呪不好鞋样。
两个笨皮匠,大家有商量。
三个臭皮匠,赛过诸葛亮。

太阳公公起得早

太阳公公起得早,俚怕囡囡困懒觉,爬到窗口看一看,咦?囡囡勿勒困懒觉,勒㪗^①院里做早操。

注释:
① 勒㪗:正在。

太阳晒

　　太阳勿晒草勿绿,太阳勿晒花勿香,太阳勿晒果勿熟,太阳勿晒苗勿长。
　　被头①也要晒一晒,太阳晒仔暖洋洋。
　　身体也要晒一晒,太阳晒仔最健康。

注释:

① 被头:被子。

太阳亮堂堂

太阳出来亮堂堂,翻转屁股朝里床。里床有只蛋,蛋里有只黄。黄里有个小和尚,钻出头来吃砻糠。屋里砻糠才吃光,端起碗来吃鸡汤。

小姑娘

小姑娘卖面,高桥哏射箭,田岸哏背纤,带箬帽喂鸡,造房子爬梯。

小司机

嘀嘀嘀!嘀嘀嘀!我是一个小司机。
爸爸妈妈上车吧,我送你们上班去。

小皮球

小皮球,圆溜溜,滚来滚去勿停留。

小和尚

月亮圆圆跳骆驼,一跳跳到老鸦窠。
老鸦窠里有只缸,缸里有个小和尚,
嗯哩嗯哩要吃绿豆汤。

汰手歌

排好队,向前走,啥事体?去汰手。
小肥皂,擦擦手。
自来水,冲冲手。
小毛巾,揩揩手。
小手手,香喷喷,大家一道拍拍手。

小手绢

小绢头①,四方方,天天带勒我身哏。
又揩鼻涕又揩汗,干干净净勿会脏。

注释:
①绢头:手绢。

小板凳

小板凳,坐一坐,三岁小囡会唱歌。
阿爹听仔拍拍手,好婆听仔笑呼呼。

小剪刀

小剪刀,张嘴巴。
勿吃鱼,勿吃虾,专吃囡囡节甲①渣。

注释:
①节甲:指甲。

小明小华勿要哭

小明小华勿要哭,肚皮饿来要吃粥。
左手捏只咸鸭蛋,右手夹块酱猪肉。
吃得开心就勿哭。

小鼓咚咚咚

我敲小鼓咚咚咚,我讲闲话俚才懂,我讲小鼓响三响,小鼓就会咚、咚、咚。我讲小鼓夠响哉,宝宝困勒床当中,小鼓就讲懂、懂、懂!

雪地搭妹妹拍照哉

落雪哉,落雪哉,地哴铺满雪花哉。
小妹妹,滑倒哉,雪地印个妹妹哉。
姆妈①,姆妈快来看,快来呀,雪地搭②妹妹拍照哉!

注释:
①姆妈:妈妈。
②搭:给。

秧苗做操

秧苗起得早,对仔太阳笑。
伸出小绿手,悄悄挺起腰。
自觉排成行,迎风做早操。

第二篇 快乐童谣

一二三四五

一只小鸟叫喳喳。
二只青蛙叫呱呱。
三只小猪咕咕咕。
四匹小马呱达达。
五个娃娃笑哈哈。
分吃一只大西瓜。

月亮堂堂

月亮堂堂,姊妹双双。大阿姊嫁勒上塘,二阿姊嫁勒下塘。两顶花花轿,抬到接驾桥。吹吹打打真闹猛,咪哩嘛啦①去拜堂。

注释:

① 咪哩嘛啦:吹打乐器声。

月亮汪汪

月亮汪汪,贼偷酱缸。
啥人听见?阿爹听见。
啥人看见?好婆看见。
啥人告诉?姆妈告诉。
啥人捉牢?爹爹①捉牢。

注释:
① 爹爹:爸爸。

眼睛一霎

眼睛一霎,老孵鸡①变鸭。

注释:
① 老孵鸡:指老母鸡。

摇啊摇（1）

摇啊摇，摇到外婆桥。

外婆叫我好宝宝，糖一包，果一包，还有饼来还有糕。

眼睛闭眬要困觉①，醒仔以后吃糕糕。

摇啊摇（2）

摇啊摇，摇到外婆桥。
外婆舅姆真要好，买条大鱼来烧烧。
啊呀呀，头勿熟来尾巴翘，盛勒碗里毕扑跳，吃勒肚里吱吱叫。囡囡吃得眯眯笑，宝宝吃得呱呱叫。
叫啊叫、跳啊跳，一跳跳到卖鱼桥。
卖鱼桥哴看花轿，囡囡看得哈哈笑！

摇啊摇（3）

摇啊摇，一摇摇到外婆桥，外婆叫我好宝宝。

糖一包，果一包，还有饼勒还有糕，吃仔糕饼到学校。

做早操（1）

早晐空气真格好，我伲①才来做早操。
伸伸臂膊弯弯腰，踢踢小腿蹦蹦跳。
天天锻炼身体好。

注释：
① 我伲：我们。

做早操（2）

小朋友，起得早，一二三四做早操。
先学鸟儿飞，再学马儿跑。
天天做操身体好。

第三篇 动物童谣

蚌壳精

蚌壳精①,蚌壳精,碰碰就哭呒不劲,看倷再去寻啥人!

注释:
① 蚌壳精:谐音"碰哭精",指爱哭的孩子。

鹧鸪做窠

鹧鸪鸪,要做窠。

早晨①做,露水多。

中晨②做,热勿过。

夜里做,蚊子多。

想想还是明朝③做,只想勿做吭结果。

注释:

① 早晨:早上。

② 中晨:中午。

③ 明朝:明天。

大蜻蜓

大蜻蜓,绿眼睛,两只眼睛亮晶晶。
飞一飞,停一停,飞来飞去捉蚊蝇。

跌倒是只煨灶猫

一只老虎一只猫,一个跟仔一个跳。
跳过是只大老虎,跌倒是只煨灶猫。

大公鸡

大公鸡,喔喔啼,外公外婆到屋里,领伲乖囡小弟弟。

放 羊

鞭子短,鞭子长,鞭子一甩唰唰响。
清晨起早起去放羊,山羊、绵羊快快长。

狗欢喜

落雪落雨狗欢喜,麻雀肚里一包气。

黄狸猫

黄狸猫，花狸猫，偷油老虫呒处逃。
"喵呜"一口才咬牢，叽里咕噜喊苦恼。

两只鸳鸯

两只鸳鸯,掼①只金箱。箱里有啥?锣鼓家生②。敲敲看,齐咚齐咚齐咚咣!

注释:

① 掼:挎。

② 家生:器具。

两只羊

　　东边过来一只羊,西边过来一只羊,一道走到小桥哴。
　　倷也勿肯让,我也勿肯让。
　　桥哴两只羊,一道跌到河里厢。

金鱼啃花猫

好笑好笑真好笑,两条金鱼啃花猫。一条拉胡子,一条咬牢腰。哎呀哎呀,味道哪哼梗直糟①?原来鱼缸里放仔一只塑料猫。

注释:

① 梗直糟:如此糟糕。

两只小猫

　　两只小猫,上山偷桃,一只上树,一只放哨。

　　听见狗叫,下来就跑,拨狗追牢,用嘴就咬。

　　咬脱皮,咬脱毛,咬脱两个尾巴梢。

　　痛得小猫"喵喵"叫。

麻雀歌

　　一只麻雀几个头？几只小脚蹦蹦跳？几个尾巴翘勒翘？几只翅膀摇勒摇？一只麻雀一个头，两只小脚蹦蹦跳，一个尾巴翘勒翘，两只翅膀摇勒摇。两只麻雀几个头？几只小脚蹦蹦跳？几个尾巴翘勒翘？几只翅膀摇勒摇？两只麻雀两个头，四只小脚蹦蹦跳，两个尾巴翘勒翘，四只翅膀摇勒摇。三只麻雀几个头？几只小脚蹦蹦跳？几个尾巴翘勒翘？几只翅膀摇勒摇？三只麻雀三个头，六只小脚蹦蹦跳，三个尾巴翘勒翘，六只翅膀摇勒摇。十只麻雀十个头，廿[①]只小脚蹦蹦跳，十个尾巴翘勒翘，廿只翅膀摇勒摇。

注释：
①廿：二十。

马儿跑

马儿跑,马儿跳,
我格马儿真正好,会跑会跳夠吃草。
我跑俚也跑,我跳俚也跳,蹦蹦跳跳大家笑。

啥个叫

好婆叫我闭眼睛,闭起眼睛听声音。
汪汪汪,是狗叫。
喔喔喔,是鸡叫。
喵喵喵,是猫叫。
喳喳喳,麻雀叫。
呱呱呱,田鸡叫。
张开眼睛看一看,才是好婆勒嗨叫。

听声音

一只小鸡叽叽叽。
二只小狗汪汪汪。
三只绵羊咩咩咩。
四只老鼠吱吱吱。
五只鹧鸪咕咕咕。
六只青蛙咯咯咯。
七只蟋蟀巨巨巨。
八只小鸭嘎嘎嘎。
九只斑鸠啾啾啾。

螳螂娶亲

栀子花开心里香,螳螂要讨纺织娘,一个勿嫌肚皮大,一个勿嫌头颈长。绿头苍蝇来做媒,瑞䗐①请来做喜娘。三只知了吹鼓手,咪哩嘛啦吹得响。胡蜂窠里做轿子,毛毛虫两条是轿杠。长脚蚂蚁来抬轿,萤火虫灯笼锃锃亮。拆屁虫噼里啪啦放炮仗,掌礼先生是蚂蟥。茶担师傅请百脚②,掌勺师傅是蟑螂。买对蜡烛拜个堂,夫妻双双入洞房。

注释:
① 瑞䗐:蟋蟀。
② 百脚:蜈蚣。

乌龟上街头

乌龟上街头,生意闹稠稠。
尖嘴尾巴橄榄头,胡椒眼睛骨溜溜。
大乌龟,嘎嘎叫,小乌龟,叫啾啾!
大小乌龟一道叫,一路叫来一路走。

喜鹊窠

　　喜鹊窠,喜事多,姆妈养我姊妹多。大姐会得挑花担,二姐会得织绫罗。绫罗织仔三丈三,做件长衫送哥哥。妹妹有条花绢头,花绢头哴绣对鹅。拨了二姐送哥哥,哥哥拿仔笑呼呼。

小蚂蚁

小蚂蚁,小蚂蚁,见面碰碰小胡须。
傣碰我,我碰傣,开步走,一二一,大家去扛一粒米。

小猫咪咪

小猫咪咪,明朝初二,买斤荸荠,送拨阿姨。

阿姨长,阿姨短,阿姨头哴一只碗,碗里有块萝卜干,吃仔半日齣吃完。

小老鼠

小老鼠,上灯台,偷油吃,下勿来。
喵喵喵,猫来哉,噼里啪啦滚下来。

小鸭

小鸭涟涟一身黄,扁扁嘴巴红脚掌。
嘎嘎嘎嘎高声唱,一摇一摆下池塘。

小胖猪

小胖猪,胖嘟嘟,困起觉来打呼噜。

小鸭 小鸡

小鸭,小鸭,嘎嘎嘎,游到水里吃鱼虾。

小鸡,小鸡,叽叽叽,又吃米来又吃渣。

第三篇 动物童谣

稀奇歌（1）

稀奇稀奇真稀奇，麻雀踏煞老母鸡，蚂蚁会得天哴飞，八十岁老公公困勒①格摇篮里。

注释：
① 困勒：睡在。

稀奇歌（2）

稀奇歌，稀奇歌，屋檐头哴长慈姑，猫咪头哴做仔老虫窠，姆妈慢养先养我，阿爹勒嗨摇篮里厢打呼噜，好婆白相叫蝈蝈。

熊猫宝宝

熊猫宝宝,走路摇摇,翻个跟斗,让侎笑笑。

萤火虫

萤火虫,夜夜红,
新娘纺纱做灯笼。
阿婆绣花勿点灯,
阿公挑菜卖胡葱,
伲子读书做郎中①。

注释:
① 郎中:医生。

捉小鸡

老鹰老鹰捉小鸡,小鸡肚里一包米,阿姐淘格米,囡囡喂格鸡。

捉蚜虫

正月半，捉蚜虫。
别人种菜铜钿大，我种菜叶竹匾大。
挑一棵，烧一锅，吃得肥头胖耳朵。

第四篇 游戏童谣

滚铁环

滚铁环,笃落落,碰着一只羊,头哏两只角,脚哏四只壳,屁股后头乌豆①丑落落。跑起路来嘀笃嘀笃嘀嘀笃。

注释:
① 乌豆:羊屎。

鸡鸡斗（1）

鸡鸡斗，蓬蓬飞，一飞飞到稻田里，稻田里厢吃白米。鸡鸡斗，蓬蓬飞，一飞飞到菜地里，菜地里厢吃虫蛆。

鸡鸡斗（2）

鸡鸡斗，蓬蓬飞，吃得饱，长得好，鸡鸡长大请宝宝。

拍大麦

一撸麦,两撸麦,三撸拍手打大麦。
噼噼啪,噼噼啪,磨面做馒头。
馒头熟,馒头香,雪白馒头请先生。

第四篇 游戏童谣

挑绷绷

挑绷绷,挑绷绷,绷绷里厢有花样。喜鹊哥哥尾巴长,杜鹃姐姐像姑娘,麻雀弟弟蹦蹦跳,茄子篷里乘风凉,长脚蚂蚁扛仔去,大家一道来白相。

跳牛皮筋

牛皮筋,有弹性,跳跳蹦蹦练脚劲。

轧牛棚

吭吼吭吼轧①牛棚,轧坍一爿石灰行,赔偿三只洋,买挺机关枪,乒乒乓乓打东洋,打得东洋勿敢犟。

注释:
① 轧:挤。

第五篇　绕口令谣

扁担长 板凳宽

　　板凳宽,扁担长,扁担绑勒板凳哴,板凳偏要绑勒扁担哴。也勿知扁担绑勒板凳哴,还是板凳绑勒扁担哴。

吃栗子

吃栗子,剥栗壳,栗壳乤勒壁角落,勿吃栗子勿剥壳,栗壳勿必乤勒壁角落。

稻调稻

糯稻调粳稻,粳稻调糯稻,稻调稻。

陆老头

六合县里有个六十六岁陆老头,盖仔六十六间楼,买仔六十六篓油,堆仔六十六间楼,种仔六十六棵垂杨柳,养仔六十六头牛,缚勒六十六棵垂杨柳。一阵风吹倒六十六间楼,打翻六十六篓油,刮断六十六棵垂杨柳,压煞六十六头牛,急煞六合县的六十六岁陆老头。

庙里一只猫

庙里一只白猫,庙外一只黑猫,庙里白猫要咬庙外黑猫,庙外黑猫要咬庙里白猫。到底是庙里白猫咬庙外黑猫,还是庙外黑猫咬庙里白猫。

妞妞搭牛牛

妞妞甭吃肉,甭吃豆,吃饭要发愁,越来越变瘦;牛牛爱吃肉,爱吃豆,吃饭不用愁,壮得像头牛。侏是学妞妞,还是学牛牛?

盆搭瓶

车哴有个盆,盆里有个瓶,乒乒乒,乓乓乓,勿知是瓶碰盆,还是盆碰瓶。

碰碰车 车碰碰

碰碰车,车碰碰,坐仔盆盆搭平平。
平平开车碰盆盆,盆盆开车碰平平。
勿知是盆盆碰平平,还是平平碰盆盆。

墙唝一只钉

墙唝一只钉,钉唝一根绳,绳唝一只瓶,瓶里一盏灯,过来一个人,碰脱①仔钉,断脱仔绳,跌脱仔瓶,打碎仔灯,灯骂瓶,瓶骂绳,绳骂灯,灯骂人,人怪自家勿当心。

注释:
① 碰脱:碰掉。

天喰星

　　天喰星，地喰冰，地喰冰看见天喰星，天喰星照亮地喰冰，到底是地喰冰看见天喰星，还是天喰星照亮地喰冰。

天唁七颗星

天唁七颗星,地唁七块冰,墙唁七只钉,台唁七盏灯,树唁七只鹰。一片乌云遮忒①七颗星,乒乒乓乓踏碎七块冰,吭吼吭吼拔忒七只钉,呼呼呼呼吹隐②七盏灯,吼嘘吼嘘赶忒③七只鹰。

注释:

①遮忒:遮掉,挡住。

②隐:灭。

③赶忒:赶掉,赶跑。

小云骑牛去打油

小云骑牛去打油,碰着小友踢皮球,皮球飞来吓仔牛,掼下小云撒仔油。

小亮赶仔一群羊

小亮赶仔一群羊,走到山喉碰到狼,狼要吃羊,羊躲狼,小亮救羊打跑狼。

玄妙观

苏州玄妙观,东西两判官。东判官姓潘,西判官姓管。东判官手里拿块豆腐干,西判官手里拿块萝卜干。东判官要吃西判官手里的萝卜干,西判官要吃东判官手里的豆腐干。东判官勿肯拨西判官吃豆腐干,西判官勿肯拨东判官吃萝卜干。

第五篇 绕口令谣

一面小花鼓

一面小花鼓，鼓哏画老虎，小槌敲破鼓，姆妈布补鼓，勿知是布补鼓，还是布补虎？

一条黑百脚

一条黑百脚,爬仔一壁虎,问问隔壁彭伯伯,到底是百脚夹壁虎,还是壁虎夹百脚。

第六篇 谜语谣

一只眼睛一只脚,后头尾巴拖一尺,老夫子猜仔两年半,老秀才一世齣猜着。

谜底:针

千条线，万条线，落到河里才不见。

第六篇 谜语谣

谜底：雨

橄榄橄榄两头尖,当中有个活神仙。

谜底:眼睛